Les illuminations

Arthur Rimbaud

Édition et mise en page : Culturea (Hérault, 34)
Retrouvez notre catalogue sur http://culturea.fr/
Contact : infos@culturea.fr
Imprimé en Allemagne par Books on Demand Gmbh
Design typographique et layout : Derek Murphy et Reedsy
ISBN : 9791041990597
Date de parution : Mars 2024

Préface de Paul Verlaine

Le livre que nous offrons au public fut écrit de 1873 à 1875, parmi des voyages tant en Belgique qu'en Angleterre et dans toute l'Allemagne.

Le mot Illuminations est anglais et veut dire gravures coloriées, – colored plates : c'est même le sous-titre que M. Rimbaud avait donné à son manuscrit.

Comme on va voir, celui-ci se compose de courtes pièces, prose exquise ou vers délicieusement faux exprès. D'idée principale il n'y en a ou du moins nous n'y en trouvons pas. De la joie évidente d'être un grand poète, tels paysages féeriques, d'adorables vagues amours esquissées et la plus haute ambition (arrivée) de style : tel est le résumé que nous croyons pouvoir oser donner de l'ouvrage ci-après. Au lecteur d'admirer en détail.

De très courtes notes biographiques feront peut-être bien.

M. Arthur Rimbaud est né d'une famille de bonne bourgeoisie à Charleville (Ardenne) où il fit d'excellentes études quelque peu révoltées. A seize ans il avait écrit les plus beaux vers du monde, dont de nombreux extraits furent par nous donnés naguère dans un libelle intitulé les Poètes maudits. Il a maintenant dans les trente-deux ans, et voyage en Asie où il s'occupe de travaux d'art. Comme qui dirait le Faust du second Faust, ingénieur de génie après avoir été l'immense poète vivant élève de Méphistophélès et possesseur de cette blonde Marguerite !

On l'a dit mort plusieurs fois. Nous ignorons ce détail, mais en serions bien triste. Qu'il le sache au cas où il n'en serait rien. Car nous fûmes son ami et le restons de loin.

Deux autres manuscrits en prose et quelques vers inédits seront publiés en leur temps.

Un nouveau portrait par Forain qui a connu également M. Rimbaud paraîtra quand il faudra.

Dans un très beau tableau de Fantin-Latour, Coin de table, à Manchester actuellement, croyons-nous, il y a un portrait en buste de M. Rimbaud à seize ans.

Les Illuminations sont un peu postérieures à cette époque.

Paul Verlaine
Publié dans La Vogue
1886

Après le déluge

Aussitôt que l'idée du Déluge se fut rassise,

Un lièvre s'arrêta dans les sainfoins et les clochettes mouvantes et dit sa prière à l'arc-en-ciel à travers la toile de l'araignée.

Oh les pierres précieuses qui se cachaient, — les fleurs qui regardaient déjà.

Dans la grande rue sale les étals se dressèrent, et l'on tira les barques vers la mer étagée là-haut comme sur les gravures.

Le sang coula, chez Barbe-Bleue, — aux abattoirs, — dans les cirques, où le sceau de Dieu blêmit les fenêtres. Le sang et le lait coulèrent.

Les castors bâtirent. Les « mazagrans » fumèrent dans les estaminets.

Dans la grande maison de vitres encore ruisselante les enfants en deuil regardèrent les merveilleuses images.

Une porte claqua, et sur la place du hameau, l'enfant tourna ses bras, compris des girouettes et des coqs des clochers de partout, sous l'éclatante giboulée.

Madame *** établit un piano dans les Alpes. La messe et les premières communions se célébrèrent aux cent mille autels de la cathédrale.

Les caravanes partirent. Et le Splendide Hôtel fut bâti dans le chaos de glaces et de nuit du pôle.

Depuis lors, la Lune entendit les chacals piaulant par les déserts de thym, — et les églogues en sabots grognant dans le verger. Puis, dans la futaie violette, bourgeonnante, Eucharis me dit que c'était le printemps.

Sourds, étang, — Écume, roule sur le pont, et par-dessus les bois ; — draps noirs et orgues, — éclairs et tonnerre, — montez et roulez ; — Eaux et tristesses, montez et relevez les Déluges.

Car depuis qu'ils se sont dissipés, — oh les pierres précieuses s'enfouissant, et les fleurs ouvertes ! — c'est un ennui ! et la Reine, la Sorcière qui allume sa braise dans le pot de terre, ne voudra jamais nous raconter ce qu'elle sait, et que nous ignorons.

Enfance

I

Cette idole, yeux noirs et crin jaune, sans parents ni cour, plus noble que la fable, mexicaine et flamande ; son domaine, azur et verdure insolents, court sur des plages nommées, par des vagues sans vaisseaux, de noms férocement grecs, slaves, celtiques.

À la lisière de la forêt — les fleurs de rêve tintent, éclatent, éclairent, — la fille à lèvre d'orange, les genoux croisés dans le clair déluge qui sourd des prés, nudité qu'ombrent, traversent et habillent les arcs-en-ciel, la flore, la mer.

Dames qui tournoient sur les terrasses voisines de la mer ; enfantes et géantes, superbes noires dans la mousse vert-de-gris, bijoux debout sur le sol gras des bosquets et des jardinets dégelés — jeunes mères et grandes sœurs aux regards pleins de pèlerinages, sultanes, princesses de démarche et de costume [,] tyranniques petites étrangères et personnes doucement malheureuses.

Quel ennui, l'heure du « cher corps » et « cher cœur ».

II

C’est elle, la petite morte, derrière les rosiers. — La jeune maman trépassée descend le perron — La calèche du cousin crie sur le sable — Le petit frère — (il est aux Indes !) là, devant le couchant, sur le pré d’œillets. — Les vieux qu’on a enterrés tout droits dans le rempart aux giroflées.

L’essaim des feuilles d’or entoure la maison du général. Ils sont dans le midi. — On suit la route rouge pour arriver à l’auberge vide. Le château est à vendre ; les persiennes sont détachées. — Le curé aura emporté la clef de l’église. — Autour du parc, les loges des gardes sont inhabitées. Les palissades sont si hautes qu’on ne voit que les cimes bruissantes. D’ailleurs il n’y a rien à voir là-dedans.

Les prés remontent aux hameaux sans coqs, sans enclumes. L’écluse est levée. Ô les calvaires et les moulins du désert, les îles et les meules.

Des fleurs magiques bourdonnaient. Les talus le berçaient. Des bêtes d’une élégance fabuleuse circulaient. Les nuées s’amassaient sur la haute mer faite d’une éternité de chaudes larmes.

III

Au bois il y a un oiseau, son chant vous arrête et vous fait rougir.

Il y a une horloge qui ne sonne pas.

Il y a une fondrière avec un nid de bêtes blanches.

Il y a une cathédrale qui descend et un lac qui monte.

Il y a une petite voiture abandonnée dans le taillis, ou qui descend le sentier en courant, enrubannée.

Il y a une troupe de petits comédiens en costumes, aperçus sur la route à travers la lisière du bois.

Il y a enfin, quand l'on a faim et soif, quelqu'un qui vous chasse.

IV

Je suis le saint, en prière sur la terrasse, — comme les bêtes pacifiques paissent jusqu'à la mer de Palestine.

Je suis le savant au fauteuil sombre. Les branches et la pluie se jettent à la croisée de la bibliothèque.

Je suis le piéton de la grand'route par les bois nains ; la rumeur des écluses couvre mes pas. Je vois longtemps la mélancolique lessive d'or du couchant.

Je serais bien l'enfant abandonné sur la jetée partie à la haute mer, le petit valet, suivant l'allée dont le front touche le ciel.

Les sentiers sont âpres. Les monticules se couvrent de genêts. L'air est immobile. Que les oiseaux et les sources sont loin ! Ce ne peut être que la fin du monde, en avançant.

V

Qu'on me loue enfin ce tombeau, blanchi à la chaux avec les lignes du ciment en relief — très loin sous terre.

Je m'accoude à la table, la lampe éclaire très vivement ces journaux que je suis idiot de relire, ces livres sans intérêt.

À une distance énorme au-dessus de mon salon souterrain, les maisons s'implantent, les brumes s'assemblent. La boue est rouge ou noire. Ville monstrueuse, nuit sans fin !

Moins haut, sont des égouts. Aux côtés, rien que l'épaisseur du globe. Peut-être les gouffres d'azur, des puits de feu. C'est peut-être sur ces plans que se rencontrent lunes et comètes, mers et fables.

Aux heures d'amertume je m'imagine des boules de saphir, de métal. Je suis maître du silence. Pourquoi une apparence de soupirail blêmirait-elle au coin de la voûte ?

Conte

Un Prince était vexé de ne s'être employé jamais qu'à la perfection des générosités vulgaires. Il prévoyait d'étonnantes révolutions de l'amour, et soupçonnait ses femmes de pouvoir mieux que cette complaisance agrémentée de ciel et de luxe. Il voulait voir la vérité, l'heure du désir et de la satisfaction essentiels. Que ce fût ou non une aberration de piété, il voulut. Il possédait au moins un assez large pouvoir humain.

Toutes les femmes qui l'avaient connu furent assassinées. Quel saccage du jardin de la beauté ! Sous le sabre, elles le bénirent. Il n'en commanda point de nouvelles. — Les femmes réapparurent.

Il tua tous ceux qui le suivaient, après la chasse ou les libations. — Tous le suivaient.

Il s'amusa à égorger les bêtes de luxe. Il fit flamber les palais. Il se ruait sur les gens et les taillait en pièces. — La foule, les toits d'or, les belles bêtes existaient encore.

Peut-on s'extasier dans la destruction, se rajeunir par la cruauté ! Le peuple ne murmura pas. Personne n'offrit le concours de ses vues.

Un soir il galopait fièrement. Un Génie apparut, d'une beauté ineffable, inavouable même. De sa physionomie et de son maintien ressortait la promesse d'un amour multiple et complexe ! d'un bonheur indicible, insupportable même ! Le Prince et le Génie s'anéantirent probablement dans la santé essentielle. Comment n'auraient-ils pas pu en mourir ? Ensemble donc ils moururent.

Mais ce Prince décéda, dans son palais, à un âge ordinaire. Le prince était le Génie. Le Génie était le Prince.

La musique savante manque à notre désir.

Parade

Des drôles très solides. Plusieurs ont exploité vos mondes. Sans besoins, et peu pressés de mettre en œuvre leurs brillantes facultés et leur expérience de vos consciences. Quels hommes mûrs ! Des yeux hébétés à la façon de la nuit d'été, rouges et noirs, tricolores, d'acier piqué d'étoiles d'or ; des faciès déformés, plombés, blêmis, incendiés ; des enrouements folâtres ! La démarche cruelle des oripeaux ! — Il y a quelques jeunes, — comment regarderaient-ils Chérubin ? — pourvus de voix effrayantes et de quelques ressources dangereuses. On les envoie prendre du dos en ville, affublés d'un *luxe* dégoûtant.

Ô le plus violent Paradis de la grimace enragée ! Pas de comparaison avec vos Fakirs et les autres bouffonneries scéniques. Dans des costumes improvisés avec le goût du mauvais rêve ils jouent des complaintes, des tragédies de malandrins et de demi-dieux spirituels comme l'histoire ou les religions ne l'ont jamais été. Chinois, Hottentots, bohémiens, niais, hyènes, Molochs, vieilles démences, démons sinistres, ils mêlent les tours populaires, maternels, avec les poses et les tendresses bestiales. Ils interpréteraient des pièces nouvelles et des chansons « bonnes filles ». Maîtres jongleurs, ils transforment le lieu et les personnes, et usent de la comédie magnétique. Les yeux flambent, le sang chante, les os s'élargissent, les larmes et des filets rouges ruissellent. Leur raillerie ou leur terreur dure une minute, ou des mois entiers.

J'ai seul la clef de cette parade sauvage.

Antique

Gracieux fils de Pan ! Autour de ton front couronné de fleurettes et de baies tes yeux, des boules précieuses, remuent. Tachées de lies brunes, tes joues se creusent. Tes crocs luisent. Ta poitrine ressemble à une cithare, des tintements circulent dans tes bras blonds. Ton cœur bat dans ce ventre où dort le double sexe. Promène-toi, la nuit, en mouvant doucement cette cuisse, cette seconde cuisse et cette jambe de gauche.

Being beauteous

Devant une neige un Être de Beauté de haute taille. Des sifflements de mort et des cercles de musique sourde font monter, s'élargir et trembler comme un spectre ce corps adoré ; des blessures écarlates et noires éclatent dans les chairs superbes. Les couleurs propres de la vie se foncent, dansent, et se dégagent autour de la Vision, sur le chantier. Et les frissons s'élèvent et grondent et la saveur forcenée de ces effets se chargeant avec les sifflements mortels et les rauques musiques que le monde, loin derrière nous, lance sur notre mère de beauté, — elle recule, elle se dresse. Oh ! nos os sont revêtus d'un nouveau corps amoureux.

XXX

Ô la face cendrée, l'écusson de crin, les bras de cristal ! le canon sur lequel je dois m'abattre à travers la mêlée des arbres et de l'air léger !

Vies

I

Ô les énormes avenues du pays saint, les terrasses du temple ! Qu'a-t-on fait du brahmane qui m'expliqua les Proverbes ? D'alors, de là-bas, je vois encore même les vieilles ! Je me souviens des heures d'argent et de soleil vers les fleuves, la main de la campagne sur mon épaule, et de nos caresses debout dans les plaines poivrées. — Un envol de pigeons écarlates tonne autour de ma pensée — Exilé ici j'ai eu une scène où jouer les chefs-d'œuvre dramatiques de toutes les littératures. Je vous indiquerais les richesses inouïes. J'observe l'histoire des trésors que vous trouvâtes. Je vois la suite ! Ma sagesse est aussi dédaignée que le chaos. Qu'est mon néant, auprès de la stupeur qui vous attend ?

II

Je suis un inventeur bien autrement méritant que tous ceux qui m'ont précédé ; un musicien même, qui ai trouvé quelque chose comme la clef de l'amour. À présent, gentilhomme d'une campagne aigre au ciel sobre, j'essaie de m'émouvoir au souvenir de l'enfance mendiante, de l'apprentissage ou de l'arrivée en sabots, des polémiques, des cinq ou six veuvages, et quelques noces où ma forte tête m'empêcha de monter au diapason des camarades. Je ne regrette pas ma vieille part de gaîté divine : l'air sobre de cette aigre campagne alimente fort activement mon atroce scepticisme. Mais comme ce scepticisme ne peut désormais être mis en œuvre, et que d'ailleurs je suis dévoué à un trouble nouveau, — j'attends de devenir un très méchant fou.

III

Dans un grenier où je fus enfermé à douze ans j'ai connu le monde, j'ai illustré la comédie humaine. Dans un cellier j'ai appris l'histoire. À quelque fête de nuit dans une cité du Nord, j'ai rencontré toutes les femmes des anciens peintres. Dans un vieux passage à Paris on m'a enseigné les sciences classiques. Dans une magnifique demeure cernée par l'Orient entier j'ai accompli mon immense œuvre et passé mon illustre retraite. J'ai brassé mon sang. Mon devoir m'est remis. Il ne faut même plus songer à cela. Je suis réellement d'outre-tombe, et pas de commissions.

Départ

Assez vu. La vision s'est rencontrée à tous les airs.
Assez eu. Rumeurs des villes, le soir, et au soleil, et toujours.
Assez connu. Les arrêts de la vie. — Ô Rumeurs et Visions !
Départ dans l'affection et le bruit neufs !

Royauté

Un beau matin, chez un peuple fort doux, un homme et une femme superbes criaient sur la place publique. « Mes amis, je veux qu'elle soit reine ! » « Je veux être reine ! » Elle riait et tremblait. Il parlait aux amis de révélation, d'épreuve terminée. Ils se pâmaient l'un contre l'autre.

En effet ils furent rois toute une matinée où les tentures carminées se relevèrent sur les maisons, et toute l'après-midi, où ils s'avancèrent du côté des jardins de palmes.

À une raison

Un coup de ton doigt sur le tambour décharge tous les sons et commence la nouvelle harmonie.

Un pas de toi, c'est la levée des nouveaux hommes et leur en-marche.

Ta tête se détourne : le nouvel amour ! Ta tête se retourne, — le nouvel amour !

« Change nos lots, crible les fléaux, à commencer par le temps », te chantent ces enfants. « Élève n'importe où la substance de nos fortunes et de nos vœux » on t'en prie.

Arrivée de toujours, qui t'en iras partout.

Matinée d'ivresse

Ô *mon* Bien ! Ô *mon* Beau ! Fanfare atroce où je ne trébuche point ! Chevalet féerique ! Hourra pour l'œuvre inouïe et pour le corps merveilleux, pour la première fois ! Cela commença sous les rires des enfants, cela finira par eux. Ce poison va rester dans toutes nos veines même quand, la fanfare tournant, nous serons rendu à l'ancienne inharmonie. Ô maintenant, nous si digne de ces tortures ! rassemblons fervemment cette promesse surhumaine faite à notre corps et à notre âme créés : cette promesse, cette démence ! L'élégance, la science, la violence ! On nous a promis d'enterrer dans l'ombre l'arbre du bien et du mal, de déporter les honnêtetés tyranniques, afin que nous amenions notre très pur amour. Cela commença par quelques dégoûts et cela finit, — ne pouvant nous saisir sur-le-champ de cette éternité, — cela finit par une débandade de parfums.

Rire des enfants, discrétion des esclaves, austérité des vierges, horreur des figures et des objets d'ici, sacrés soyez-vous par le souvenir de cette veille. Cela commençait par toute la rustrerie, voici que cela finit par des anges de flamme et de glace.

Petite veille d'ivresse, sainte ! quand ce ne serait que pour le masque dont tu nous as gratifié. Nous t'affirmons, méthode ! Nous n'oublions pas que tu as glorifié hier chacun de nos âges. Nous avons foi au poison. Nous savons donner notre vie tout entière tous les jours.

Voici le temps des *Assassins*.

Phrases

Quand le monde sera réduit en un seul bois noir pour nos quatre yeux étonnés, — en une plage pour deux enfants fidèles, — en une maison musicale pour notre claire sympathie, — je vous trouverai.

Qu'il n'y ait ici-bas qu'un vieillard seul, calme et beau, entouré d'un « luxe inouï », — et je suis à vos genoux.

Que j'aie réalisé tous vos souvenirs, — que je sois celle qui sait vous garrotter, — je vous étoufferai.

Quand nous sommes très forts, — qui recule ? très gais, qui tombe de ridicule ? Quand nous sommes très méchants, que ferait-on de nous.

Parez-vous, dansez, riez, — je ne pourrai jamais envoyer l'Amour par la fenêtre.

— Ma camarade, mendiante, enfant monstre ! comme ça t'est égal, ces malheureuses et ces manœuvres, et mes embarras. Attache-toi à nous avec ta voix impossible, ta voix ! unique flatteur de ce vil désespoir.

(Fragments du feuillet 12)

Une matinée couverte, en juillet. Un goût de cendres vole dans l'air ; — une odeur de bois suant dans l'âtre, — les fleurs rouies, — le saccage des promenades, — la bruine des canaux par les champs — pourquoi pas déjà les joujoux et l'encens ?

J'ai tendu des cordes de clocher à clocher ; des guirlandes de fenêtre à fenêtre ; des chaînes d'or d'étoile à étoile, et je danse.

Le haut étang fume continuellement. Quelle sorcière va se dresser sur le couchant blanc ? Quelles violettes frondaisons vont descendre ?

Pendant que les fonds publics s'écoulent en fêtes de fraternité, il sonne une cloche de feu rose dans les nuages.

Avivant un agréable goût d'encre de Chine, une poudre noire pleut doucement sur ma veillée. — Je baisse les feux du lustre, je me jette sur le lit, et, tourné du côté de l'ombre, je vous vois, mes filles ! mes reines !

Ouvriers

Ô cette chaude matinée de février. Le Sud inopportun vint relever nos souvenirs d'indigents absurdes, notre jeune misère.

Henrika avait une jupe de coton à carreau blanc et brun, qui a dû être portée au siècle dernier, un bonnet à rubans, et un foulard de soie. C'était bien plus triste qu'un deuil. Nous faisions un tour dans la banlieue. Le temps était couvert, et ce vent du Sud excitait toutes les vilaines odeurs des jardins ravagés et des prés desséchés.

Cela ne devait pas fatiguer ma femme au même point que moi. Dans une flache laissée par l'inondation du mois précédent à un sentier assez haut elle me fit remarquer de très petits poissons.

La ville, avec sa fumée et ses bruits de métiers, nous suivait très loin dans les chemins. Ô l'autre monde, l'habitation bénie par le ciel et les ombrages ! Le sud me rappelait les misérables incidents de mon enfance, mes désespoirs d'été, l'horrible quantité de force et de science que le sort a toujours éloignée de moi. Non ! nous ne passerons pas l'été dans cet avare pays où nous ne serons jamais que des orphelins fiancés. Je veux que ce bras durci ne traîne plus *une chère image*.

Les Ponts

Des ciels gris de cristal. Un bizarre dessin de ponts, ceux-ci droits, ceux-là bombés, d'autres descendant ou obliquant en angles sur les premiers, et ces figures se renouvelant dans les autres circuits éclairés du canal, mais tous tellement longs et légers que les rives, chargées de dômes s'abaissent et s'amoindrissent. Quelques-uns de ces ponts sont encore chargés de masures. D'autres soutiennent des mâts, des signaux, de frêles parapets. Des accords mineurs se croisent, et filent, des cordes montent des berges. On distingue une veste rouge, peut-être d'autres costumes et des instruments de musique. Sont-ce des airs populaires, des bouts de concerts seigneuriaux, des restants d'hymnes publics ? L'eau est grise et bleue, large comme un bras de mer. — Un rayon blanc, tombant du haut du ciel, anéantit cette comédie.

Ville

Je suis un éphémère et point trop mécontent citoyen d'une métropole crue moderne parce que tout goût connu a été éludé dans les ameublements et l'extérieur des maisons aussi bien que dans le plan de la ville. Ici vous ne signaleriez les traces d'aucun monument de superstition. La morale et la langue sont réduites à leur plus simple expression, enfin ! Ces millions de gens qui n'ont pas besoin de se connaître amènent si pareillement l'éducation, le métier et la vieillesse, que ce cours de vie doit être plusieurs fois moins long que ce qu'une statistique folle trouve pour les peuples du continent. Aussi comme, de ma fenêtre, je vois des spectres nouveaux roulant à travers l'épaisse et éternelle fumée de charbon, — notre ombre des bois, notre nuit d'été ! — des Érinnyes nouvelles, devant mon cottage qui est ma patrie et tout mon cœur puisque tout ici ressemble à ceci, — la Mort sans pleurs, notre active fille et servante, et un Amour désespéré, et un joli Crime piaulant dans la boue de la rue.

Ornières

À droite l'aube d'été éveille les feuilles et les vapeurs et les bruits de ce coin du parc, et les talus de gauche tiennent dans leur ombre violette les mille rapides ornières de la route humide. Défilé de féeries. En effet : des chars chargés d'animaux de bois doré, de mâts et de toiles bariolées, au grand galop de vingt chevaux de cirque tachetés, et les enfants et les hommes sur leurs bêtes les plus étonnantes ; — vingt véhicules, bossés, pavoisés et fleuris comme des carrosses anciens ou de contes, pleins d'enfants attifés pour une pastorale suburbaine ; — Même des cercueils sous leur dais de nuit dressant les panaches d'ébène, filant au trot des grandes juments bleues et noires.

Villes (Ce sont des villes !)

Ce sont des villes ! C'est un peuple pour qui se sont montés ces Alleghanys et ces Libans de rêve ! Des chalets de cristal et de bois qui se meuvent sur des rails et des poulies invisibles. Les vieux cratères ceints de colosses et de palmiers de cuivre rugissent mélodieusement dans les feux. Des fêtes amoureuses sonnent sur les canaux pendus derrière les chalets. La chasse des carillons crie dans les gorges. Des corporations de chanteurs géants accourent dans des vêtements et des oriflammes éclatants comme la lumière des cimes. Sur les plates-formes au milieu des gouffres les Rolands sonnent leur bravoure. Sur les passerelles de l'abîme et les toits des auberges l'ardeur du ciel pavoise les mâts. L'écroulement des apothéoses rejoint les champs des hauteurs où les centauresses séraphiques évoluent parmi les avalanches. Au-dessus du niveau des plus hautes crêtes une mer troublée par la naissance éternelle de Vénus, chargée de flottes orphéoniques et de la rumeur des perles et des conques précieuses, — la mer s'assombrit parfois avec des éclats mortels. Sur les versants des moissons de fleurs grandes comme nos armes et nos coupes, mugissent. Des cortèges de Mabs en robes rousses, opalines, montent des ravines. Là-haut, les pieds dans la cascade et les ronces, les cerfs tettent Diane. Les Bacchantes des banlieues sanglotent et la lune brûle et hurle. Vénus entre dans les cavernes des forgerons et des ermites. Des groupes de beffrois chantent les idées des peuples. Des châteaux bâtis en os sort la musique inconnue. Toutes les légendes évoluent et les élans se ruent dans les bourgs. Le paradis des orages s'effondre. Les sauvages dansent sans cesse la fête de la nuit. Et une heure je suis descendu dans le mouvement d'un boulevard de Bagdad où des compagnies ont chanté la joie du travail nouveau, sous une brise épaisse, circulant sans pouvoir éluder les fabuleux fantômes des monts où l'on a dû se retrouver.

Quels bons bras, quelle belle heure me rendront cette région d'où viennent mes sommeils et mes moindres mouvements ?

Vagabonds

Pitoyable frère ! Que d'atroces veillées je lui dus ! « Je ne me saisissais pas fervemment de cette entreprise. Je m'étais joué de son infirmité. Par ma faute nous retournerions en exil, en esclavage. » Il me supposait un guignon et une innocence très bizarres, et il ajoutait des raisons inquiétantes.

Je répondais en ricanant à ce satanique docteur, et finissais par gagner la fenêtre. Je créais, par-delà la campagne traversée par des bandes de musique rare, les fantômes du futur luxe nocturne.

Après cette distraction vaguement hygiénique, je m'étendais sur une paillasse. Et, presque chaque nuit, aussitôt endormi, le pauvre frère se levait, la bouche pourrie, les yeux arrachés, — tel qu'il se rêvait ! — et me tirait dans la salle en hurlant son songe de chagrin idiot.

J'avais en effet, en toute sincérité d'esprit, pris l'engagement de le rendre à son état primitif de fils du Soleil, — et nous errions, nourris du vin des cavernes et du biscuit de la route, moi pressé de trouver le lieu et la formule.

Villes (L'acropole officielle)

L'acropole officielle outre les conceptions de la barbarie moderne les plus colossales. Impossible d'exprimer le jour mat produit par le ciel immuablement gris, l'éclat impérial des bâtisses, et la neige éternelle du sol. On a reproduit dans un goût d'énormité singulier toutes les merveilles classiques de l'architecture. J'assiste à des expositions de peinture dans des locaux vingt fois plus vastes qu'Hampton-Court. Quelle peinture ! Un Nabuchodonosor norwégien a fait construire les escaliers des ministères ; les subalternes que j'ai pu voir sont déjà plus fiers que des Brahmas et j'ai tremblé à l'aspect des gardiens de colosses et officiers de constructions. Par le groupement des bâtiments en squares, cours et terrasses fermées, on évince les cochers. Les parcs représentent la nature primitive travaillée par un art superbe. Le haut quartier a des parties inexplicables : un bras de mer, sans bateaux, roule sa nappe de grésil bleu entre des quais chargés de candélabres géants. Un pont court conduit à une poterne immédiatement sous le dôme de la Sainte-Chapelle. Ce dôme est une armature d'acier artistique de quinze mille pieds de diamètre environ.

Sur quelques points des passerelles de cuivre, des plates-formes, des escaliers qui contournent les halles et les piliers, j'ai cru pouvoir juger la profondeur de la ville ! C'est le prodige dont je n'ai pu me rendre compte : quels sont les niveaux des autres quartiers sur ou sous l'acropole ? Pour l'étranger de notre temps la reconnaissance est impossible. Le quartier commerçant est un circus d'un seul style, avec galeries à arcades. On ne voit pas de boutiques. Mais la neige de la chaussée est écrasée ; quelques nababs aussi rares que les promeneurs d'un matin de dimanche à Londres, se dirigent vers une diligence de diamants.

Sur quelques points des passerelles de cuivre, des plates-formes, des escaliers qui contournent les halles et les piliers, j'ai cru pouvoir juger la profondeur de la ville ! C'est le prodige dont je n'ai pu me rendre compte : quels sont les niveaux des autres quartiers sur ou sous l'acropole ? Pour l'étranger de notre temps la reconnaissance est impossible. Le quartier commerçant est un circus d'un seul style, avec galeries à arcades. On ne voit pas de boutiques. Mais la neige de la chaussée est écrasée ; quelques nababs aussi rares que les promeneurs d'un matin de dimanche à Londres, se dirigent vers une diligence de diamants. Quelques divans de velours rouge : on sert des boissons polaires dont le prix varie de huit cents à huit mille roupies. À l'idée de chercher des théâtres sur ce circus, je me réponds que les boutiques doivent contenir des drames assez sombres. Je pense qu'il y a une police, mais la loi doit être tellement étrange, que je renonce à me faire une idée des aventuriers d'ici.

Le faubourg aussi élégant qu'une belle rue de Paris est favorisé d'un air de lumière. L'élément démocratique compte quelque cents âmes. Là encore les maisons ne se suivent pas ; le faubourg se perd bizarrement dans la campagne, le « Comté » qui remplit l'occident éternel des forêts et des plantations prodigieuses où les gentilshommes sauvages chassent leurs chroniques sous la lumière qu'on a créée.

Veillées

I

C'est le repos éclairé, ni fièvre ni langueur, sur le lit ou sur le pré.
C'est l'ami ni ardent ni faible. L'ami.
C'est l'aimée ni tourmentante ni tourmentée. L'aimée.
L'air et le monde point cherchés. La vie.
— Était-ce donc ceci ?
— Et le rêve fraîchit.

II

L'éclairage revient à l'arbre de bâtisse. Des deux extrémités de la salle, décors quelconques, des élévations harmoniques se joignent. La muraille en face du veilleur est une succession psychologique de coupes de frises, de bandes atmosphériques et d'accidences géologiques. — Rêve intense et rapide de groupes sentimentaux avec des êtres de tous les caractères parmi toutes les apparences.

III

Les lampes et les tapis de la veillée font le bruit des vagues, la nuit, le long de la coque et autour du steerage.

La mer de la veillée, telle que les seins d'Amélie.

Les tapisseries, jusqu'à mi-hauteur, des taillis de dentelle, teinte d'émeraude, où se jettent les tourterelles de la veillée.

La plaque du foyer noir, de réels soleils des grèves : ah ! puits des magies ; seule vue d'aurore, cette fois.

Mystique

Sur la pente du talus les anges tournent leurs robes de laine dans les herbages d'acier et d'émeraude.

Des prés de flammes bondissent jusqu'au sommet du mamelon. À gauche le terreau de l'arête est piétiné par tous les homicides et toutes les batailles, et tous les bruits désastreux filent leur courbe. Derrière l'arête de droite la ligne des orients, des progrès.

Et tandis que la bande en haut du tableau est formée de la rumeur tournante et bondissante des conques des mers et des nuits humaines,

La douceur fleurie des étoiles et du ciel et du reste descend en face du talus, comme un panier, — contre notre face, et fait l'abîme fleurant et bleu là-dessous.

Aube

J'ai embrassé l'aube d'été.

Rien ne bougeait encore au front des palais. L'eau était morte. Les camps d'ombres ne quittaient pas la route du bois. J'ai marché, réveillant les haleines vives et tièdes, et les pierreries regardèrent, et les ailes se levèrent sans bruit.

La première entreprise fut, dans le sentier déjà empli de frais et blêmes éclats, une fleur qui me dit son nom.

Je ris au wasserfall blond qui s'échevela à travers les sapins : à la cime argentée je reconnus la déesse.

Alors je levai un à un les voiles. Dans l'allée, en agitant les bras. Par la plaine, où je l'ai dénoncée au coq. À la grand'ville elle fuyait parmi les clochers et les dômes, et courant comme un mendiant sur les quais de marbre, je la chassais.

En haut de la route, près d'un bois de lauriers, je l'ai entourée avec ses voiles amassés, et j'ai senti un peu son immense corps. L'aube et l'enfant tombèrent au bas du bois.

Au réveil il était midi.

Fleurs

D’un gradin d’or, — parmi les cordons de soie, les gazes grises, les velours verts et les disques de cristal qui noircissent comme du bronze au soleil, — je vois la digitale s’ouvrir sur un tapis de filigranes d’argent, d’yeux et de chevelures.

Des pièces d’or jaune semées sur l’agate, des piliers d’acajou supportant un dôme d’émeraudes, des bouquets de satin blanc et de fines verges de rubis entourent la rose d’eau.

Tels qu’un dieu aux énormes yeux bleus et aux formes de neige, la mer et le ciel attirent aux terrasses de marbre la foule des jeunes et fortes roses.

Nocturne vulgaire

Un souffle ouvre des brèches operadiques dans les cloisons, — brouille le pivotement des toits rongés, — disperse les limites des foyers, — éclipse les croisées. — Le long de la vigne, m'étant appuyé du pied à une gargouille, — je suis descendu dans ce carrosse dont l'époque est assez indiquée par les glaces convexes, les panneaux bombés et les sophas contournés — Corbillard de mon sommeil, isolé, maison de berger de ma niaiserie, le véhicule vire sur le gazon de la grande route effacée ; et dans un défaut en haut de la glace de droite tournoient les blêmes figures lunaires, feuilles, seins ;

— Un vert et un bleu très foncés envahissent l'image. Dételage aux environs d'une tache de gravier.

— Ici, va-t-on siffler pour l'orage, et les Sodomes, — et les Solymes, — et les bêtes féroces et les armées,

— (Postillon et bêtes de songe reprendront-ils sous les plus suffocantes futaies, pour m'enfoncer jusqu'aux yeux dans la source de soie).

— Et nous envoyer, fouettés à travers les eaux clapotantes et les boissons répandues, rouler sur l'aboi des dogues…

— Un souffle disperse les limites du foyer.

Marine

Les chars d'argent et de cuivre —
Les proues d'acier et d'argent —
Battent l'écume, —
Soulèvent les souches des ronces.
Les courants de la lande,
Et les ornières immenses du reflux
Filent circulairement vers l'est,
Vers les piliers de la forêt, —
Vers les fûts de la jetée,
Dont l'angle est heurté par des tourbillons de lumière.

Fête d'hiver

La cascade sonne derrière les huttes d'opéra-comique. Des girandoles prolongent, dans les vergers et les allées voisins du Méandre, — les verts et les rouges du couchant. Nymphes d'Horace coiffées au Premier Empire, — Rondes Sibériennes, Chinoises de Boucher.

Angoisse

Se peut-il qu'Elle me fasse pardonner les ambitions continuellement écrasées, — qu'une fin aisée répare les âges d'indigence, — qu'un jour de succès nous endorme sur la honte de notre inhabileté fatale,

(Ô palmes ! diamant — Amour, force ! — plus haut que toutes joies et gloires ! — de toutes façons, partout, — Démon, dieu, — Jeunesse de cet être-ci ; moi !)

Que des accidents de féerie scientifique et des mouvements de fraternité sociale soient chéris comme restitution progressive de la franchise première ?…

Mais la Vampire qui nous rend gentils commande que nous nous amusions avec ce qu'elle nous laisse, ou qu'autrement nous soyons plus drôles.

Rouler aux blessures, par l'air lassant et la mer ; aux supplices, par le silence des eaux et de l'air meurtriers ; aux tortures qui rient, dans leur silence atrocement houleux.

Métropolitain

Du détroit d'indigo aux mers d'Ossian, sur le sable rose et orange qu'a lavé le ciel vineux viennent de monter et de se croiser des boulevards de cristal habités incontinent par de jeunes familles pauvres qui s'alimentent chez les fruitiers. Rien de riche. — La ville !

Du désert de bitume fuient droit en déroute avec les nappes de brumes échelonnées en bandes affreuses au ciel qui se recourbe, se recule et descend, formé de la plus sinistre fumée noire que puisse faire l'Océan en deuil, les casques, les roues, les barques, les croupes. — La bataille !

Lève la tête : ce pont de bois, arqué ; les derniers potagers de Samarie ; ces masques enluminés sous la lanterne fouettée par la nuit froide ; l'ondine niaise à la robe bruyante, au bas de la rivière ; les crânes lumineux dans les plants de pois — et les autres fantasmagories —la campagne.

Des routes bordées de grilles et de murs, contenant à peine leurs bosquets, et les atroces fleurs qu'on appellerait cœurs et sœurs, Damas damnant de longueur, — possessions de féeriques aristocraties ultra-Rhénanes, Japonaises, Guaranies, propres encore à recevoir la musique des anciens — et il y a des auberges qui pour toujours n'ouvrent déjà plus — il y a des princesses, et si tu n'es pas trop accablé, l'étude des astres — Le ciel.

Le matin où avec Elle, vous vous débattîtes parmi les éclats de neige, les lèvres vertes, les glaces, les drapeaux noirs et les rayons bleus, et les parfums pourpres du soleil des pôles, — ta force.

Barbare

Bien après les jours et les saisons, et les êtres et les pays,

Le pavillon en viande saignante sur la soie des mers et des fleurs arctiques ; (elles n'existent pas.)

Remis des vieilles fanfares d'héroïsme — qui nous attaquent encore le cœur et la tête — loin des anciens assassins —

Oh ! Le pavillon en viande saignante sur la soie des mers et des fleurs arctiques ; (elles n'existent pas)

Douceurs !

Les brasiers pleuvant aux rafales de givre, — Douceurs ! — les feux à la pluie du vent de diamants jetée par le cœur terrestre éternellement carbonisé pour nous. — Ô monde ! —

(Loin des vieilles retraites et des vieilles flammes, qu'on entend, qu'on sent,)

Les brasiers et les écumes. La musique, virement des gouffres et choc des glaçons aux astres.

Ô Douceurs, ô monde, ô musique ! Et là, les formes, les sueurs, les chevelures et les yeux, flottant. Et les larmes blanches, bouillantes, — ô douceurs ! — et la voix féminine arrivée au fond des volcans et des grottes arctiques.

Le pavillon…

Solde

À vendre ce que les juifs n'ont pas vendu, ce que noblesse ni crime n'ont goûté, ce qu'ignorent l'amour maudit et la probité infernale des masses : ce que le temps ni la science n'ont pas à reconnaître ;

Les Voix reconstituées ; l'éveil fraternel de toutes les énergies chorales et orchestrales et leurs applications instantanées ; l'occasion, unique, de dégager nos sens !

À vendre les Corps sans prix, hors de toute race, de tout monde, de tout sexe, de toute descendance ! Les richesses jaillissant à chaque démarche ! Solde de diamants sans contrôle !

À vendre l'anarchie pour les masses ; la satisfaction irrépressible pour les amateurs supérieurs ; la mort atroce pour les fidèles et les amants !

À vendre les habitations et les migrations, sports, féeries et conforts parfaits, et le bruit, le mouvement et l'avenir qu'ils font !

À vendre les applications de calcul et les sauts d'harmonie inouïs. Les trouvailles et les termes non soupçonnés, possession immédiate,

Élan insensé et infini aux splendeurs invisibles, aux délices insensibles, — et ses secrets affolants pour chaque vice — et sa gaîté effrayante pour la foule —

À vendre les Corps, les voix, l'immense opulence inquestionable, ce qu'on ne vendra jamais. Les vendeurs ne sont pas à bout de solde ! Les voyageurs n'ont pas à rendre leur commission de si tôt !

Fairy

Pour Hélène se conjurèrent les sèves ornamentales dans les ombres vierges et les clartés impassibles dans le silence astral. L'ardeur de l'été fut confiée à des oiseaux muets et l'indolence requise à une barque de deuils sans prix par des anses d'amours morts et de parfums affaissés.

— Après le moment de l'air des bûcheronnes à la rumeur du torrent sous la ruine des bois, de la sonnerie des bestiaux à l'écho des vals, et des cris des steppes. —

Pour l'enfance d'Hélène frissonnèrent les fourrures et les ombres, — et le sein des pauvres, et les légendes du ciel.

Et ses yeux et sa danse supérieurs encore aux éclats précieux, aux influences froides, au plaisir du décor et de l'heure uniques.

Guerre

Enfant, certains ciels ont affiné mon optique : tous les caractères nuancèrent ma physionomie. Les Phénomènes s'émurent. — À présent, l'inflexion éternelle des moments et l'infini des mathématiques me chassent par ce monde où je subis tous les succès civils, respecté de l'enfance étrange et des affections énormes. — Je songe à une Guerre, de droit ou de force, de logique bien imprévue.

C'est aussi simple qu'une phrase musicale.

Jeunesse

I

Dimanche

Les calculs de côté, l'inévitable descente du ciel, et la visite des souvenirs et la séance des rythmes occupent la demeure, la tête et le monde de l'esprit.

— Un cheval détale sur le turf suburbain, et le long des cultures et des boisements, percé par la peste carbonique. Une misérable femme de drame, quelque part dans le monde, soupire après des abandons improbables. Les desperadoes languissent après l'orage, l'ivresse et les blessures. De petits enfants étouffent des malédictions le long des rivières. —

Reprenons l'étude au bruit de l'œuvre dévorante qui se rassemble et remonte dans les masses.

II

Sonnet

Homme de constitution ordinaire, la chair n'était-elle pas un fruit pendu dans le verger, — ô journées enfantes ! — le corps un trésor à prodiguer ; — ô aimer, le péril ou la force de Psyché ? La terre avait des versants fertiles en princes et en artistes, et la descendance et la race vous poussaient aux crimes et aux deuils : le monde votre fortune et votre péril. Mais à présent, ce labeur comblé, toi, tes calculs, — toi, tes impatiences — ne sont plus que votre danse et votre voix, non fixées et point forcées, quoique d'un double événement d'invention et de succès une raison, — en l'humanité fraternelle et discrète par l'univers sans images ; — la force et le droit réfléchissent la danse et la voix à présent seulement appréciées.

III

Vingt ans

Les voix instructives exilées… L'ingénuité physique amèrement rassise… — Adagio — Ah ! l'égoïsme infini de l'adolescence, l'optimisme studieux : que le monde était plein de fleurs cet été ! Les airs et les formes mourant… — Un chœur, pour calmer l'impuissance et l'absence ! Un chœur de verres, de mélodies nocturnes… En effet les nerfs vont vite chasser.

IV

Tu en es encore à la tentation d'Antoine. L'ébat du zèle écourté, les tics d'orgueil puéril, l'affaissement et l'effroi.

Mais tu te mettras à ce travail : toutes les possibilités harmoniques et architecturales s'émouvront autour de ton siège. Des êtres parfaits, imprévus, s'offriront à tes expériences. Dans tes environs affluera rêveusement la curiosité d'anciennes foules et de luxes oisifs. Ta mémoire et tes sens ne seront que la nourriture de ton impulsion créatrice. Quant au monde, quand tu sortiras, que sera-t-il devenu ? En tout cas, rien des apparences actuelles.

Promontoire

L'aube d'or et la soirée frissonnante trouvent notre brick en large en face de cette villa et de ses dépendances, qui forment un promontoire aussi étendu que l'Épire et le Péloponnèse, ou que la grande île du Japon, ou que l'Arabie ! Des fanums qu'éclaire la rentrée des théories, d'immenses vues de la défense des côtes modernes ; des dunes illustrées de chaudes fleurs et de bacchanales ; de grands canaux de Carthage et des Embankments d'une Venise louche ; de molles éruptions d'Etnas et des crevasses de fleurs et d'eaux des glaciers ; des lavoirs entourés de peupliers d'Allemagne ; des talus de parcs singuliers penchant des têtes d'Arbre du Japon ; les façades circulaires des « Royal » ou des « Grand » de Scarbro' ou de Brooklyn ; et leurs railways flanquent, creusent, surplombent les dispositions de cet Hôtel, choisies dans l'histoire des plus élégantes et des plus colossales constructions de l'Italie, de l'Amérique et de l'Asie, dont les fenêtres et les terrasses à présent pleines d'éclairages, de boissons et de brises riches, sont ouvertes à l'esprit des voyageurs et des nobles — qui permettent, aux heures du jour, à toutes les tarentelles des côtes, — et même aux ritournelles des vallées illustres de l'art, de décorer merveilleusement les façades du Palais-Promontoire.

Scènes

L'ancienne Comédie poursuit ses accords et divise ses Idylles :

Des boulevards de tréteaux.

Un long pier en bois d'un bout à l'autre d'un champ rocailleux où la foule barbare évolue sous les arbres dépouillés.

Dans des corridors de gaze noire suivant le pas des promeneurs aux lanternes et aux feuilles.

Des oiseaux des mystères s'abattent sur un ponton de maçonnerie mû par l'archipel couvert des embarcations des spectateurs.

Des scènes lyriques accompagnées de flûte et de tambour s'inclinent dans des réduits ménagés sous les plafonds, autour des salons de clubs modernes ou des salles de l'Orient ancien.

La féerie manœuvre au sommet d'un amphithéâtre couronné par les taillis, — Ou s'agite et module pour les Béotiens, dans l'ombre des futaies mouvantes sur l'arête des cultures.

L'opéra-comique se divise sur une scène à l'arête d'intersection de dix cloisons dressées de la galerie aux feux.

Soir historique

En quelque soir, par exemple, que se trouve le touriste naïf, retiré de nos horreurs économiques, la main d'un maître anime le clavecin des prés ; on joue aux cartes au fond de l'étang, miroir évocateur des reines et des mignonnes, on a les saintes, les voiles, et les fils d'harmonie, et les chromatismes légendaires, sur le couchant.

Il frissonne au passage des chasses et des hordes. La comédie goutte sur les tréteaux de gazon. Et l'embarras des pauvres et des faibles sur ces plans stupides !

À sa vision esclave, — l'Allemagne s'échafaude vers des lunes ; les déserts tartares s'éclairent — les révoltes anciennes grouillent dans le centre du Céleste Empire ; par les escaliers et les fauteuils de rois — un petit monde blême et plat, Afrique et Occidents, va s'édifier. Puis un ballet de mers et de nuits connues, une chimie sans valeur, et des mélodies impossibles.

La même magie bourgeoise à tous les points où la malle nous déposera ! Le plus élémentaire physicien sent qu'il n'est plus possible de se soumettre à cette atmosphère personnelle, brume de remords physiques, dont la constatation est déjà une affliction.

Non ! — Le moment de l'étuve, des mers enlevées, des embrasements souterrains, de la planète emportée, et des exterminations conséquentes, certitudes si peu malignement indiquées dans la Bible et par les Nornes et qu'il sera donné à l'être sérieux de surveiller. — Cependant ce ne sera point un effet de légende !

Bottom

La réalité étant trop épineuse pour mon grand caractère, — je me trouvai néanmoins chez ma dame, en gros oiseau gris bleu s'essorant vers les moulures du plafond et traînant l'aile dans les ombres de la soirée.

Je fus, au pied du baldaquin supportant ses bijoux adorés et ses chefs-d'œuvre physiques, un gros ours aux gencives violettes et au poil chenu de chagrin, les yeux aux cristaux et aux argents des consoles.

Tout se fit ombre et aquarium ardent.

Au matin, — aube de juin batailleuse, — je courus aux champs, âne, claironnant et brandissant mon grief, jusqu'à ce que les Sabines de la banlieue vinrent se jeter à mon poitrail.

H

Toutes les monstruosités violent les gestes atroces d'Hortense. Sa solitude est la mécanique érotique, sa lassitude, la dynamique amoureuse. Sous la surveillance d'une enfance elle a été, à des époques nombreuses, l'ardente hygiène des races. Sa porte est ouverte à la misère. Là, la moralité des êtres actuels se décorpore en sa passion ou en son action — Ô terrible frisson des amours novices, sur le sol sanglant et par l'hydrogène clarteux ! trouvez Hortense.

Mouvement

Le mouvement de lacet sur la berge des chutes du fleuve,
Le gouffre à l'étambot
La célérité de la rampe,
L'énorme passade du courant
Mènent par les lumières inouïes
Et la nouveauté chimique
Les voyageurs entourés des trombes du val
Et du strom.

Ce sont les conquérants du monde
Cherchant la fortune chimique personnelle ;
Le sport et le confort voyagent avec eux ;
Ils emmènent l'éducation
Des races, des classes et des bêtes, sur ce Vaisseau.
Repos et vertige
À la lumière diluvienne,
Aux terribles soirs d'étude.

Car de la causerie parmi les appareils, — le sang, les fleurs, le feu, les bijoux —
Des comptes agités à ce bord fuyard,
— On voit, roulant comme une digue au-delà de la route hydraulique motrice,
Monstrueux, s'éclairant sans fin, — leur stock d'études ; —
Eux chassés dans l'extase harmonique

Et l'héroïsme de la découverte.

Aux accidents atmosphériques les plus surprenants
Un couple de jeunesse s'isole sur l'arche,
— Est-ce ancienne sauvagerie qu'on pardonne ?
Et chante et se poste.

Dévotion

À ma sœur Louise Vanaen de Voringhem : — Sa cornette bleue tournée à la mer du Nord. — Pour les naufragés.

À ma sœur Léonie Aubois d'Ashby. Baou — l'herbe d'été bourdonnante et puante. — Pour la fièvre des mères et des enfants.

À Lulu, — démon — qui a conservé un goût pour les oratoires du temps des Amies et de son éducation incomplète. Pour les hommes ! À madame ***.

À l'adolescent que je fus. À ce saint vieillard, ermitage ou mission.

À l'esprit des pauvres. Et à un très haut clergé.

Aussi bien à tout culte en telle place de culte mémoriale et parmi tels événements qu'il faille se rendre, suivant les aspirations du moment ou bien notre propre vice sérieux.

Ce soir à Circeto des hautes glaces, grasse comme le poisson, et enluminée comme les dix mois de la nuit rouge, — (son cœur ambre et spunck), — pour ma seule prière muette comme ces régions de nuit et précédant des bravoures plus violentes que ce chaos polaire.

À tout prix et avec tous les airs, même dans des voyages métaphysiques. — Mais plus *alors*.

Démocratie

« Le drapeau va au paysage immonde, et notre patois étouffe le tambour.

« Aux centres nous alimenterons la plus cynique prostitution. Nous massacrerons les révoltes logiques.

« Aux pays poivrés et détrempés ! — au service des plus monstrueuses exploitations industrielles ou militaires.

« Au revoir ici, n'importe où. Conscrits du bon vouloir, nous aurons la philosophie féroce ; ignorants pour la science, roués pour le confort ; la crevaison pour le monde qui va. C'est la vraie marche. En avant, route ! »

Génie

Il est l'affection et le présent puisqu'il a fait la maison ouverte à l'hiver écumeux et à la rumeur de l'été, lui qui a purifié les boissons et les aliments, lui qui est le charme des lieux fuyants et le délice surhumain des stations. Il est l'affection et l'avenir, la force et l'amour que nous, debout dans les rages et les ennuis, nous voyons passer dans le ciel de tempête et les drapeaux d'extase.

Il est l'amour, mesure parfaite et réinventée, raison merveilleuse et imprévue, et l'éternité : machine aimée des qualités fatales. Nous avons tous eu l'épouvante de sa concession et de la nôtre : ô jouissance de notre santé, élan de nos facultés, affection égoïste et passion pour lui, lui qui nous aime pour sa vie infinie…

Et nous nous le rappelons et il voyage… Et si l'Adoration s'en va, sonne, sa promesse sonne : « Arrière ces superstitions, ces anciens corps, ces ménages et ces âges. C'est cette époque-ci qui a sombré ! »

Il ne s'en ira pas, il ne redescendra pas d'un ciel, il n'accomplira pas la rédemption des colères de femmes et des gaîtés des hommes et de tout ce péché : car c'est fait, lui étant, et étant aimé.

Ô ses souffles, ses têtes, ses courses ; la terrible célérité de la perfection des formes et de l'action.

Ô fécondité de l'esprit et immensité de l'univers !

Son corps ! Le dégagement rêvé, le brisement de la grâce croisée de violence nouvelle !

Sa vue, sa vue ! tous les agenouillages anciens et les peines *relevés* à sa suite.

Son jour ! l'abolition de toutes souffrances sonores et mouvantes dans la musique plus intense.

Son pas ! les migrations plus énormes que les anciennes invasions.

Ô Lui et nous ! l'orgueil plus bienveillant que les charités perdues.

Ô monde ! et le chant clair des malheurs nouveaux !

Il nous a connus tous et nous a tous aimés. Sachons, cette nuit d'hiver, de cap en cap, du pôle tumultueux au château, de la foule à la plage, de regards en regards, forces et sentiments las, le héler et le voir, et le renvoyer, et sous les marées et au haut des déserts de neige, suivre ses vues, ses souffles, son corps, son jour.